Inhaltsverzeichnis

Der Kleine Prinz

Gute-Nacht-Geschichten

Der Planet der Winde

Delphine Dubos
Text von Philip Neuber

Auf dem Heimatplaneten des kleinen Prinzen hat dessen geliebte Rose einen Brief erhalten. Vorsichtig faltet sie das Papier auseinander und beginnt zu lesen:
„Meine geliebte Rose, Fuchs und ich reisen noch immer durch das Weltall. Du kannst dir nicht vorstellen, was wir erlebt haben.“ Die Rose, beste Freundin des kleinen Prinzen, ist sehr gespannt.

„Ich muss dir unbedingt vom Planeten der Winde berichten. Die Bewohner dieses Planeten freuen sich immer darüber, wenn der Wind bläst, denn hier wird alles aus Wind gemacht: Wasser, Licht und Wärme. Am Himmel schweben seltsame rote Wesen, die über lange Fäden mit dem Boden verbunden sind. Sie schwingen auf und ab, wenn der Wind in sie hineinbläst. Mithilfe dieser Wesen heizen die Windbürger den gefrorenen Boden des Planeten. Denn ohne Wind wäre der ganze Planet von Eis bedeckt!

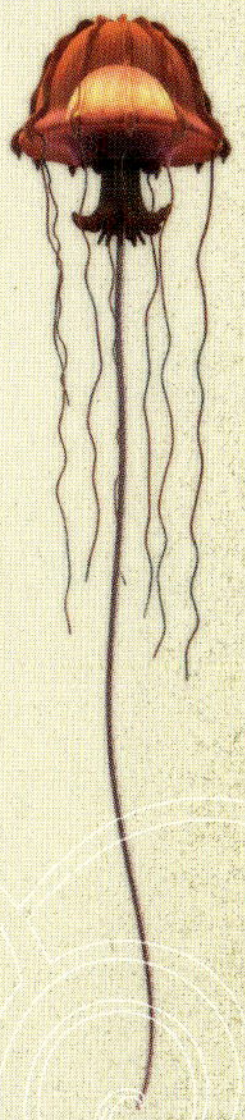

Nun kommt es aber in letzter Zeit immer häufiger zu Windstillen, und dann ist jedes Mal das Eis auf dem Vormarsch. Die Windbürger leben darum in ständiger Angst. Zur Lösung dieses Problems setzen die Windbürger all ihre Hoffnung in ihren Anführer, den Gouverneur Aeolus.
Aber obwohl Aeolus ein sehr weiser Mann ist, schweigt er bisher …“

Als der kleine Prinz und Fuchs mit ihrem magischen Flugzeug auf dem Planeten der Winde landen, staunen sie nicht schlecht. Überall grünes Gras, und es weht eine stetige warme Brise. „Hörst du das?“, fragt der kleine Prinz plötzlich.

Und tatsächlich: Aus der Ferne erklingt Musik. Gleichzeitig lässt der Wind nach, und das Fluggerät, das gerade über sie hinwegfliegt, gerät ins Trudeln. Schließlich stürzt der Pilot mit seinem Flugzeug in einen Baum.

Der kleine Prinz und Fuchs eilen sofort zu Hilfe und befreien den Piloten aus dem Wrack.
„Mein Name ist Föhn“, stellt sich der Pilot vor, doch es ist keine Zeit für lange Gespräche, denn das Eis rückt rasend schnell näher. Föhn beginnt zu rennen.
„Hier entlang!“, ruft er. Und so laufen sie, so schnell sie können, um dem Eis zu entkommen.

Ohne ersichtlichen Grund beginnt der Wind plötzlich, wieder zu wehen und sofort zieht sich auch das Eis wieder zurück. Föhn bedankt sich beim kleinen Prinzen für dessen Hilfe.
„Ich bringe euch jetzt zur Stadt der Winde“, sagt er dann.

Als der kleine Prinz die über dem Boden schwebende Stadt erblickt, ist er beeindruckt.
„Sie ist wunderschön“, schwärmt er.
Ein sanfter Windstoß trägt die drei empor.

Im Herzen der Stadt liegt der Palast der Winde. Dort treffen sie den Herrscher des Planeten, einen älteren Mann in einer prächtigen weißen Uniform.
„Mein Name ist Aeolus, ich bin der Gouverneur der Winde“, stellt er sich vor.
Dann deutet er auf einen schüchternen Jungen, der in der Ecke steht: „Das hier ist mein Sohn Taifun. Er wird einmal mein Nachfolger werden.“ Streng befiehlt er seinem Sohn, in sein Zimmer zu gehen, um die Wissenschaft der Winde zu studieren.

Aeolus führt die beiden Freunde durch den Palast. Vor einer großen Maschine bleiben sie stehen. In dicken Glasröhren bewegen sich Federn auf und ab, und überall leuchten komplizierte Anzeigen.

„Das ist der Windkontrollraum. Hier können wir die Stärke aller Winde auf unserem Planeten messen", erklärt der Gouverneur stolz.

„Dann könnt ihr doch mithilfe dieser Maschine herausfinden, woher die Windstillen kommen!", meint der kleine Prinz. Doch der Gouverneur weicht aus. „Geh doch einen Drachen steigen lassen, heute weht so ein schöner Wind", schlägt er vor.

Tatsächlich kennt Aeolus den Grund für die Windstillen. Sein Sohn Taifun ist dafür verantwortlich. Doch der Gouverneur möchte nicht, dass die Windbürger davon erfahren.
Er hofft, Taifun noch zur Vernunft bringen zu können.

Da erscheint die böse Schlange.
„Wenn das Volk einen Schuldigen will, musst du ihm einen liefern“, zischt sie Aeolus ins Ohr.

Kurze Zeit später lässt der Gouverneur in der Stadt verkünden, dass Windpiraten für die Windstillen verantwortlich seien.

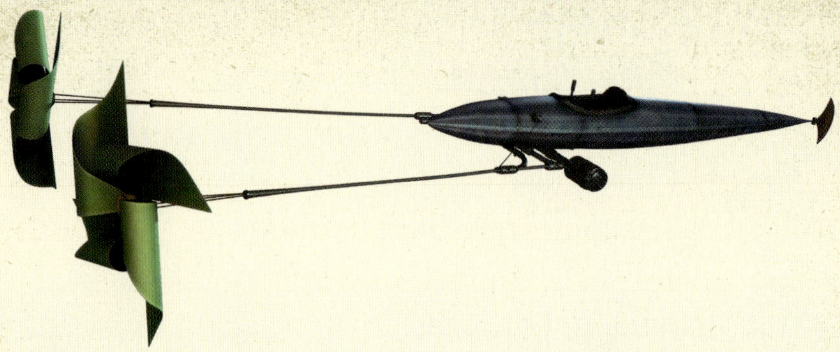

Während der kleine Prinz und Föhn draußen im warmen Wind einen Drachen steigen lassen, flitzt plötzlich etwas über sie hinweg. Es ist ein Windpirat!

Mithilfe seiner magischen Kräfte zaubert der kleine Prinz einen großen Vogel herbei. Gemeinsam mit Föhn und Fuchs nimmt er die Verfolgung auf.

Schon bald haben sie den Piraten eingeholt.
„Pass auf, kleiner Prinz!“, ruft Föhn. „Wir steuern in Richtung der gefährlichen Tornados.“
Tatsächlich wird das Flugzeug des Piraten von einem der Tornados ergriffen und zu Boden geschleudert.

Schnell landen der kleine Prinz und seine Freunde, um den Piloten zu retten, doch von dem fehlt jede Spur. Der Pirat hat sich gut versteckt, denn in Wirklichkeit wurde er vom Gouverneur losgeschickt, als Ablenkung, damit die Windbürger nicht erfahren, wer wirklich schuld an den Windstillen ist.

Auf dem Weg zurück in die Stadt hört der kleine Prinz wieder die Musik. Doch etwas kommt ihm merkwürdig vor: Jedes Mal, wenn die Musik erklingt, hört der Wind auf zu wehen.

Also macht sich der kleine Prinz auf zum Palast, um Aeolus davon zu berichten.
Der Gouverneur hört ihm zunächst aufmerksam zu, doch dann rät er dem kleinen Prinzen, die Stadt schleunigst zu verlassen, zu seiner eigenen Sicherheit.

Der kleine Prinz hat das Gefühl, als würde ihm Aeolus etwas verheimlichen.

Später ruft der Gouverneur seinen Sohn zu sich: „Sag mir, wo du dein Instrument versteckt hast“, schnauzt er Taifun an.
„Niemals!“, antwortet Taifun mit Tränen in den Augen.

Dann befiehlt Aeolus seinen Wachen, den Jungen in dessen Zimmer zu sperren.

Der Gouverneur ist verzweifelt. Er kann seinen Sohn unmöglich das ganze Leben lang einsperren. Was soll er nur tun?

Da taucht wieder die Schlange auf und bringt Aeolus auf eine hinterhältige Idee.
„Aeolus, Gouverneur der Winde“, zischt sie leise. „Warum schiebst du die Schuld nicht auf jemand, der fremd ist in dieser Stadt? Wie wäre es mit dem kleinen Prinzen?“

Am nächsten Morgen kommt Föhn zum Gästehaus, in dem der kleine Prinz und Fuchs übernachten.
„Der Gouverneur erwartet euch“, sagt er.

Als sie im Palast erscheinen, werden sie sofort von den Wachen in den Windkontrollraum geführt. Und ehe sie verstehen, was hier passiert, wird die Tür hinter ihnen abgeschlossen.

„Das ist ja seltsam", flüstert der kleine Prinz seinem Freund Fuchs besorgt ins Ohr. „Wir sind ganz alleine hier."

Da ertönt plötzlich ein Alarm! Und im nächsten Moment steht der Gouverneur mit seinen Wachen vor ihnen.
„Sie wollen die Maschine kaputt machen!", ruft Aeolus. „Verhaftet sie!"
„Das ist eine Falle!", protestiert der kleine Prinz wütend.

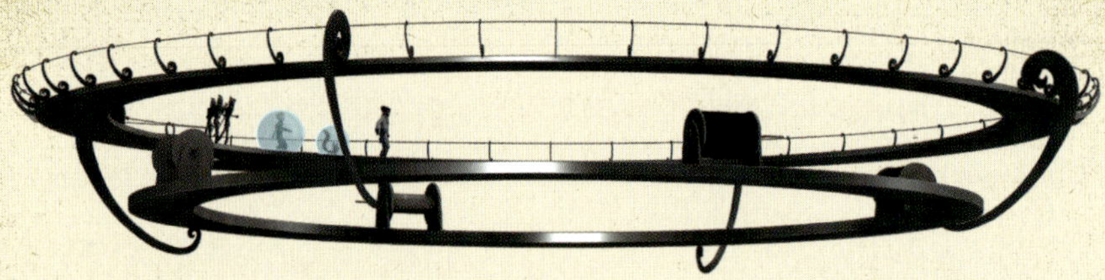

Die Wachen führen ihn und Fuchs in ein Gebäude außerhalb der Stadt. „Oh nein!“, denkt der kleine Prinz. Das Gefängnis schwebt über dem Boden und wird von Windsäulen getragen. Es ist unmöglich, hier auszubrechen!

Wenigstens kann er hinausschauen, denn die Zelle hat ein kleines Fenster. Durch das Fenster kann er auch wieder die Musik hören. Sofort lässt der Wind nach, und am Horizont taucht ein seltsames Gefährt auf. Es schwebt in der Luft und scheint aus Hunderten von Pfeifen zu bestehen. Eine fliegende Orgel! Diese Maschine verbraucht den ganzen Wind! Wer mag wohl dieser Orgelspieler sein?
Leider kann man sein Gesicht nicht erkennen. Doch sein Gefühl sagt dem kleinen Prinzen, dass es Taifun sein muss.
Das Eis kommt der Stadt schon wieder bedrohlich nahe. Dann verschwindet die Orgel, und der Wind beginnt zu wehen.

Tatsächlich ist Taifun der Orgelspieler. Er war aus dem Fenster gestiegen und so aus seinem Zimmer geflohen. Behutsam lenkt er seine Orgel zurück zu deren Versteck in einem erloschenen Vulkan.

Taifun ist sehr wütend auf seinen Vater.
„Wenn mein Vater nur wollte, könnte er mir meinen eigenen Windstrom schenken, und ich könnte endlich meinen Traum verwirklichen und Musiker werden“, schimpft er. „Aber er will unbedingt, dass ich die Musik aufgebe und mich auf die Wissenschaft der Winde konzentriere.“

Da erscheint plötzlich die Schlange zwischen zwei Orgelpfeifen. Leise zischt sie in sein Ohr: „Dein Vater denkt nur an sich, Taifun. Was du willst, ist ihm völlig egal. Lass dir das Musizieren nicht verbieten! Oder willst du dich wirklich wie ein kleines Kind behandeln lassen?“

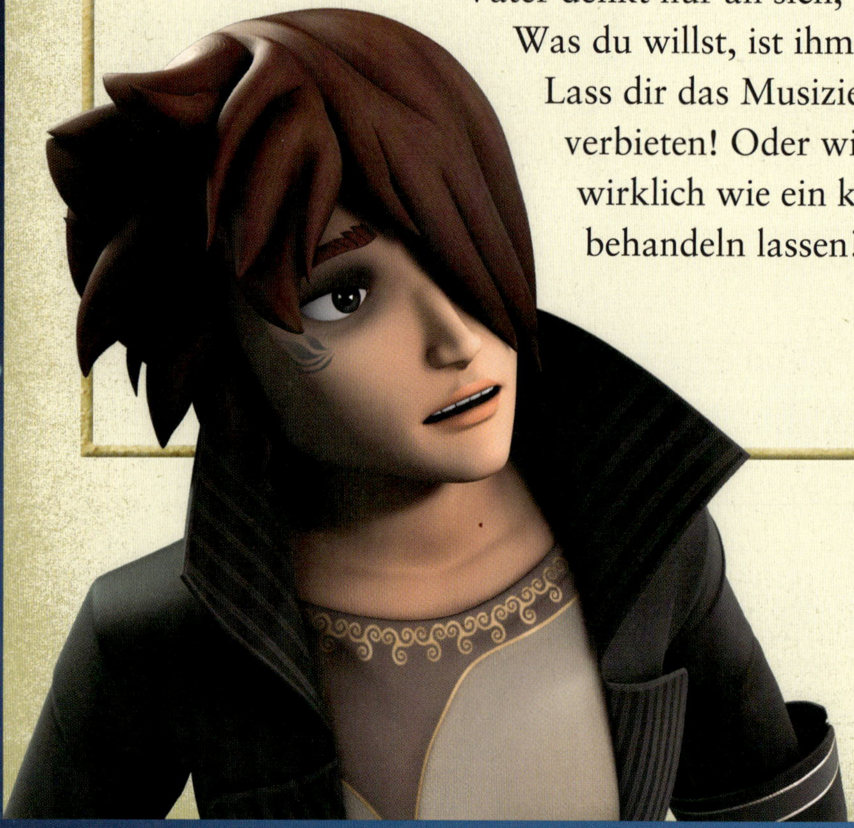

Betrübt sitzen der kleine Prinz und Fuchs in ihrer Zelle. Die Situation scheint ausweglos! Doch plötzlich taucht eine kleine orangefarbene Libelle auf. Sie flattert auf und ab, landet kurz auf dem Kopf des kleinen Prinzen und beginnt dann, etwas an die Wand zu schreiben.

Es ist eine Nachricht von ihrem Freund Föhn. Fuchs ist ganz aufgeregt.
„Was schreibt er? Was schreibt er?“, fragt er und springt hin und her.
„Wir sollen auf die Wachablösung warten, die Libelle wird uns den Schlüssel bringen“, antwortet der kleine Prinz freudig.

Tatsächlich, nach einer Weile bringt die Libelle den Schlüssel – und während die Wachen beschäftigt sind, schleichen sich die beiden Freunde aus dem Gefängnis. Mithilfe eines herbeigezauberten Regenschirms segeln sie hinab zur Stadt der Winde.

Der kleine Prinz ist sich sicher, dass das Problem bei Taifun liegt. Mit Fuchs macht er sich auf, um ihn zur Rede zu stellen. Doch da schlägt es plötzlich Alarm! Überall in der Stadt heulen Sirenen. Die Wachen haben bemerkt, dass die beiden Freunde ausgebrochen sind.

Der kleine Prinz und Fuchs laufen, so schnell sie können. Sie hüpfen von Dach zu Dach und hangeln sich an den Flügeln einer Windmühle herunter. Die Wachen kommen immer näher. Schließlich sind sie umzingelt, aber da naht unerwartet Hilfe von einem maskierten Mann.
Es ist Taifun! Er ist empört, dass sein Vater die beiden eingesperrt hat. Gekonnt wirft er einen Bumerang, und die Wachen weichen zurück. Er bindet dem kleinen Prinzen und Fuchs kleine Propeller um, und so fliegen sie davon.

Die Wachen rufen zornig hinter ihnen her. „Wohin wird die Reise gehen?“, fragt sich der kleine Prinz.

Nach einem langen Flug landen sie direkt bei dem erloschenen Vulkan, in dem Taifun die fliegende Orgel versteckt hat. Langsam erhebt sich die Orgel aus dem Krater, als Taifun zu spielen beginnt.

„Deine Musik ist wunderschön", sagt der kleine Prinz. „Aber wenn du spielst, bringst du dein Volk und den Planeten in Gefahr. Das Eis wird die Stadt verschlingen, Taifun."

„Das ist mir egal. Mein Vater darf nicht über mein Leben bestimmen. Er muss verstehen, dass ich Musiker werden möchte und niemals Gouverneur sein werde."

Der kleine Prinz weiß genau, dass es jetzt nur noch eine Möglichkeit gibt, den Planeten zu retten! Der Gouverneur und Taifun müssen sich versöhnen. Denn während Taifun diese wunderbare Melodie spielt, rückt das Eis immer näher. Der kleine Prinz muss sofort etwas unternehmen!

Mithilfe seines magischen Zeichenblocks zaubert er eine ganze Schar von Papierfliegern herbei, die die Orgelpfeifen verstopfen. Fürs Erste hört die Musik auf, doch Taifun lässt sich nicht abhalten. Alle sollen verstehen, was die Musik ihm bedeutet, sie müssen sie hören, so wie er sie hört! Er beginnt zu spielen wie nie zuvor.

Aufgeregt hüpft Fuchs auf der Tastatur der Orgel herum. Und dann, oh Schreck, rutscht er aus und stürzt in die Tiefe.

Schnell zaubert der kleine Prinz einen magischen weißen Bären herbei und schafft es so, seinen Freund in der Luft aufzufangen. Sanft segeln sie auf den Boden.

Dort haben sich schon viele Windbürger versammelt und blicken gespannt der fliegenden Orgel hinterher, die die Stadt umkreist.

Auch der Gouverneur kommt aus seinem Palast, doch als er den kleinen Prinzen und Fuchs kommen sieht, ruft er nach seinen Wachen und zeigt auf die beiden.
„Die Luftpiraten, schnell ergreift sie!“
„Nein, Aeolus! Hört mich an“, ruft der kleine Prinz und streckt die Hände aus.
„Ich weiß, dass Taifun für die Windstillen verantwortlich ist. Doch es ist genauso eure Schuld. Taifun will nicht euer Nachfolger werden. Alles, was er will, ist Musik machen.“

Der Gouverneur sieht den kleinen Prinzen an. Er scheint auf einmal sehr traurig zu sein.

Inzwischen schwebt die Orgel direkt vor der Stadt, und alle ihre Bewohner können sehen, dass der kleine Prinz recht hatte: Es ist wirklich Taifun.

„Hört mich an, Windbürger!“, ruft der Junge. „Die Windstillen sind nicht die Schuld meines Vaters oder der Luftpiraten, sondern meine. Durch das Spielen der Orgel verbrauche ich die Luft. Doch hört meine Musik nur dieses eine Mal, nur so könnt ihr mich verstehen.“

Und dann beginnt er zu spielen. Es klingt so schön, dass einige Leute anfangen zu weinen und andere freudig klatschen.

Doch das Eis kommt immer näher. Es hat inzwischen die Stadt erreicht!

Auch Aeolus ist gerührt von der Musik. Er findet sie wunderschön und zum ersten Mal versteht er seinen Sohn. Noch bevor das Eis die Stadt zerstören kann, hört Taifun auf zu spielen.

Der Gouverneur der Winde hat Tränen in den Augen. „Mein Sohn, ich verstehe nun: Du willst nicht mein Nachfolger werden, und ich sollte dich nicht dazu zwingen“, ruft er zu der fliegenden Orgel hinauf.

Taifun landet die Orgel und springt auf den Boden, die beiden stehen sich direkt gegenüber.

„Du solltest deine Träume verwirklichen können, Taifun. Mach, was dich glücklich macht! Ich werde dir deinen eigenen Windstrom geben, dann kannst du Orgel spielen, so viel du willst! Föhn, du sollst mein Nachfolger als Gouverneur der Winde werden.“

Der Planet des Feuervogels

Julien Magnat
Text von Philip Neuber

Auf dem Heimatplaneten des kleinen Prinzen hat dessen geliebte Rose wieder einen Brief erhalten. Vorsichtig faltet sie das Papier auseinander und beginnt zu lesen. „Meine geliebte Rose, Fuchs und ich reisen noch immer durch das Weltall. Du kannst dir nicht vorstellen, was wir erlebt haben."

Die Rose ist sehr gespannt.

„Ich muss dir unbedingt vom Planeten des Feuervogels berichten. Dieser Planet wurde früher von einem Feuervogel bewacht. Unter seinem Schutz gediehen die Blumen und die Vögel sangen. Eines Tages starb der König dieses herrlichen Planeten. Er hinterließ zwei Kinder, den Prinzen Huang und die Prinzessin Feng. Doch die Geschwister waren sehr verschieden. Die Prinzessin war ruhig und nachdenklich, der Prinz war ein Krieger und lebhaft.

Vor seinem Tod hatte der König die Krone dem Feuervogel übergeben. Dieser sollte den würdigen Nachfolger bestimmen. Doch dann verschwand der Vogel auf geheimnisvolle Weise, und mit ihm die Krone ..."

Als der kleine Prinz und Fuchs auf dem Planeten des Feuervogels landen, spüren sie sofort, wie unerträglich heiß es dort ist. Die Landschaft besteht nur aus grauer Asche und kochender Lava. Außer einer kleinen zusammengerollten Rose, die den kleinen Prinzen an seine geliebte Rose denken lässt, wächst hier nichts mehr.

„Was für eine Gluthitze! Ich fühle mich fast wie ein Grillhähnchen“, stöhnt Fuchs.

Auf der Flucht vor der Glut mussten die Einwohner in einer riesigen, in der Luft schwebenden Muschel Zuflucht suchen. Einer der Bewohner, der Smaragdschürfer Ming Yung, erklärt dem kleinen Prinzen, dass der Feuervogel alles auf ihrem Planeten verbrannt hat. Dies kam völlig unerwartet, denn zuvor war der Feuervogel immer friedlich gewesen.

Um zu erfahren, was mit diesem Planeten nicht stimmt, möchte der kleine Prinz den König treffen. Aber der neue König, Huang, möchte niemanden sehen.

Da erblickt der kleine Prinz plötzlich eine Wolke aus Flammen am Horizont. Es ist der Feuervogel, riesig und wunderschön! Der Vogel setzt sich direkt vor den kleinen Prinzen, der ihm ohne Angst über die Nase streichelt und mit ihm spricht: „Du bist wütend, nicht wahr? Erzähl mir doch bitte, warum." Da stößt das Tier einen gequälten Schrei aus. Der kleine Prinz versteht seine Verzweiflung.

Plötzlich spuckt der Vogel wieder Flammen. Der König tritt aus seinem Palast! Der Bogen in seinen Händen ist gespannt, an der Spitze des Pfeils funkelt ein Smaragd.

Der König zielt mit dem Pfeil direkt auf den Vogel!

Um das edle Tier zu retten, zieht der kleine Prinz sein magisches Schwert und lenkt damit den Pfeil ab.

So kann der Vogel unverletzt fliehen.

Der König geht, ohne ein Wort zu sagen, zurück in seinen Palast.

Die Rosen am Königspalast geben dem kleinen Prinzen und Fuchs den Hinweis, dass sie zum Lotusturm gehen sollen, weil dort ein junges Mädchen gefangen gehalten wird. Tatsächlich! Das Mädchen ist Prinzessin Feng, und derjenige, der sie eingesperrt hat, ist ihr Bruder Huang!

Die Prinzessin erzählt ihnen, dass mit dem Tod ihres Vaters der Feuervogel plötzlich verschwunden war. Mit der Zeit bekam ihr Bruder Angst, dass sie an seiner Stelle gewählt werden würde. Eines Tages verschwand dann auch Huang. Als er zurückkehrte, hatte er die Krone bei sich und ernannte sich selbst zum König!

Jetzt versteht der kleine Prinz, warum der Feuervogel so wütend ist.
Huang hat ihm die Krone gestohlen.
Mit der Spitze eines Smaragds schneidet der kleine Prinz eine Öffnung in das gläserne Gefängnis, um die Prinzessin zu retten. Dann nimmt er ihre Hand, um sie nach draußen zu führen.

Der kleine Prinz ist zuversichtlich, dass es mit einer so schönen und klugen Prinzessin gelingen wird, den Planeten zu retten!

Inzwischen sind zahlreiche Bewohner des Planeten zum Palast des Königs gekommen, um sich zu beklagen. Huang alleine soll etwas gegen die Zerstörung unternehmen, denn er ist der König!

Als Prinzessin Feng im Palast auftaucht, ist der König außer sich vor Wut.
„Wer hat dich befreit?“, schreit er seine Schwester an.
Da geht der kleine Prinz auf den König zu und reicht ihm eine Handvoll Asche.
„Was soll ich denn mit dieser dreckigen Asche?“, brüllt der König.
„Diese dreckige Asche ist das, was von deinem Königreich übrig bleiben wird, wenn du den Feuervogel nicht besänftigst. Wegen deiner Eifersucht ist der Planet nur noch eine verbrannte Wüste.“

Huang senkt seinen Blick. Mit zitternden Händen nimmt er die Krone von seinem Kopf.

Der kleine Prinz ist beeindruckt von König Huangs Reaktion. Der König scheint sein Verhalten tatsächlich zu bedauern.
„Wir müssen diese Krone dem Feuervogel bringen und uns seinem Urteil unterwerfen!“, beschließt Prinzessin Feng.
Tief in ihrem Inneren ist die Prinzessin davon überzeugt, dass der Feuervogel sie auserwählen wird, weil sie viel klüger ist als ihr Bruder.

In diesem Moment kommt die Schlange hinzu und versucht, die Prinzessin zu beeinflussen:

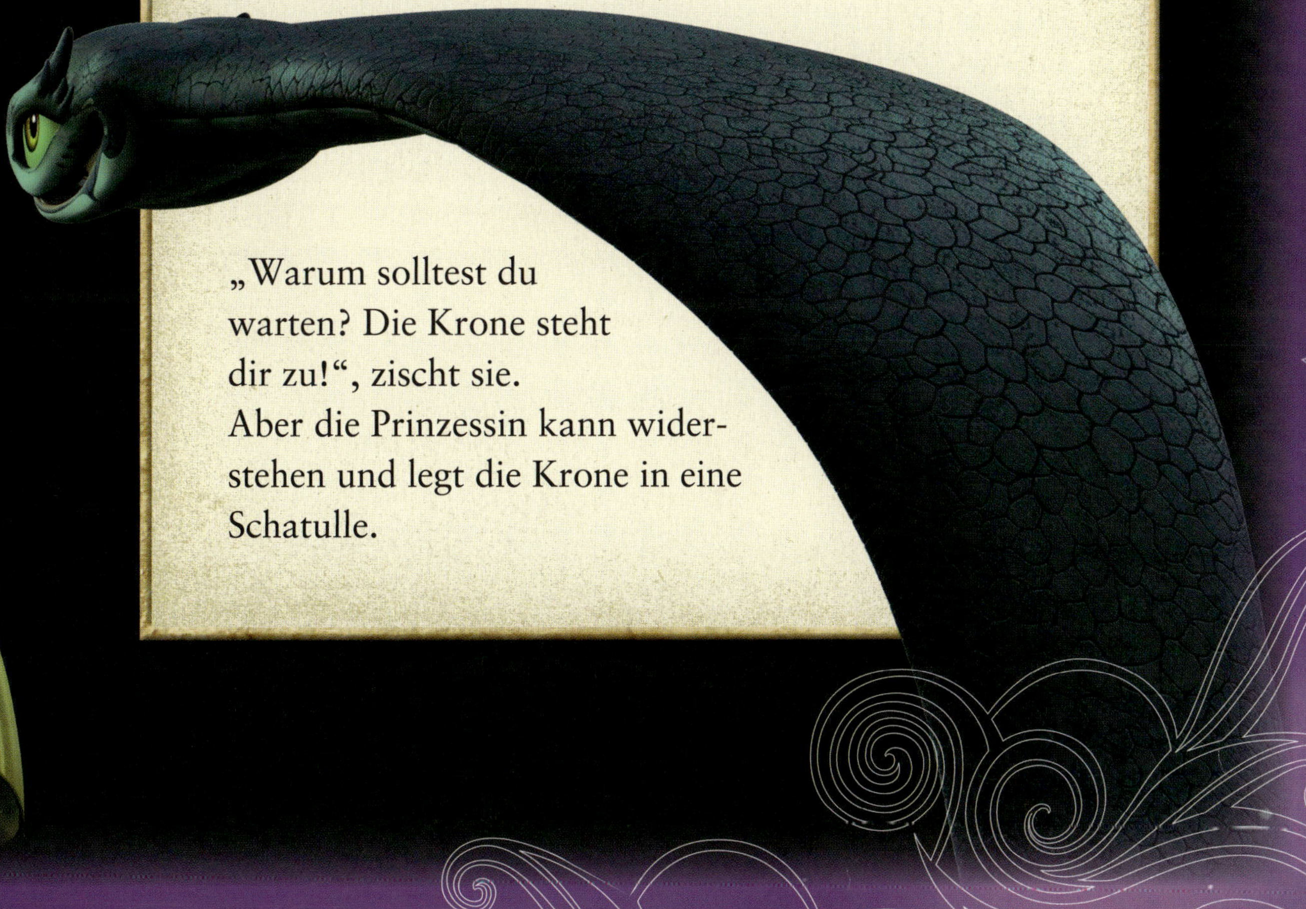

„Warum solltest du warten? Die Krone steht dir zu!“, zischt sie.
Aber die Prinzessin kann widerstehen und legt die Krone in eine Schatulle.

Jetzt müssen sie nur noch irgendwie das Versteck des Feuervogels finden.

„Am einfachsten wäre es wohl aus der Luft zu entdecken“, denkt der kleine Prinz.
Da schlägt er seinen magischen Zeichenblock auf und pustet hinein.
So zaubert er ein Boot herbei, das von einer Wolke gezogen durch die Luft segeln kann.
Alle steigen ein.

Mit Fuchs an seiner Seite genießt der kleine Prinz den frischen Wind auf seinem Gesicht. Aber dann erschrickt er, als er sieht, dass sich die Prinzessin ihrem Bruder zuwendet und ihm Vorwürfe macht.

Da erzählt Huang, dass er damals von der Angst getrieben war, der Feuervogel würde seine Schwester auserwählen. Er war ein Krieger, sie hingegen hatte viele Bücher gelesen.

Eines Tages kam die Schlange zu ihm. Die Schlange erklärte ihm, dass ein wahrer Krieger sich die Krone von dem Feuervogel holen würde. Huang aber lehnte ab, weil es gegen die Tradition war.

Dann konnte ihn die Schlange doch noch überreden, indem sie sagte, wenn Huang nicht die Krone stiehlt, dann würde es seine Schwester Feng tun.

Als er sich schließlich zum Feuervogel aufmachte, kannte er nur noch ein Ziel.

Huang wartete auf dem Gipfel eines hohen Berges. Der Feuervogel erschien und landete auf dem Felsen. In dem Moment, als die Sonne unterging, verwandelte sich der Vogel zu Stein. So war der Vogel harmlos, und Huang konnte sich ohne Probleme die Krone schnappen.

Da erinnert sich die Prinzessin: „Eine alte Legende erzählt, dass sich das Nest des Feuervogels bei der untergehenden Sonne befindet. Also lebt er auf dem Phoenix-Berg, dem höchsten Berg im Westen!“

Während sie also gen Westen segeln, erscheinen auf einmal die Finsterlinge, die schrecklichen Helfer der Schlange. Sie schneiden ihnen den Weg ab, sodass die Freunde nicht weitersegeln können.

„Haltet euch fest!“, ruft der kleine Prinz und nimmt mehr Geschwindigkeit auf.
Geschickt lenkt er das Boot über die Finsterlinge hinweg. Doch nur kurze Zeit später sind die Finsterlinge schon wieder da. Diesmal sind es zu viele. Nun versucht Huang, die bösen Geister mit Pfeil und Bogen zu vertreiben, doch ehe sie getroffen werden, lösen sie sich einfach auf.

Dann erscheinen sie wieder, dieses Mal haben sie sich in riesige Hände verwandelt und versuchen, das Boot umzukippen. Aber sie schaffen es nicht. Der kleine Prinz entkommt ihnen.

Zum Glück ist keiner seiner Passagiere verletzt. Endlich gleitet das Boot wieder sanft auf dem Meer der Wolken. Und nun bricht auch schon die Nacht herein. Alle Reisenden schlafen, nur der kleine Prinz nicht. Er lässt sich den Wind um diese Nase wehen und denkt an seine geliebte Rose.

„Meine Rose, wo bist du?“, murmelt er.
„Indem du mich jagst, entfernst du dich immer weiter von ihr“, antwortet ihm die Schlange.
„Ich kann dich sofort zu ihr zurückbringen, wenn du willst.“

Aber der kleine Prinz weiß ganz genau, dass seine Rose sehr stolz auf ihn ist, wenn er Planeten rettet, die in Gefahr sind. Die Sonne ist noch nicht wieder aufgegangen, als das Boot den Phoenix-Berg erreicht.

Die Passagiere schauen auf den Berg. Dort oben sitzt der versteinerte Feuervogel und schläft. Huang bietet an, dem Vogel die Krone zu übergeben, aber seine Schwester hat noch kein volles Vertrauen zu ihm. Als sie sich mit der Krone in der Hand dem Feuervogel nähert, spürt der kleine Prinz sein Herz vor Aufregung heftig schlagen. Er kann spüren, dass die Schlange anwesend ist! Hoffentlich versucht sie nicht, Feng umzustimmen.

Da hört der kleine Prinz ein Pfeifen, und wie er befürchtet hat, setzt sich Feng die Krone selbst auf den Kopf. Die ersten Sonnenstrahlen berühren den Feuervogel, der in diesem Moment erwacht.

Als der Vogel Feng erblickt,
explodiert er vor Wut und spuckt Feuer. Dann erhebt er sich und bewirft sie mit Flammen.
„Was soll das?“, schreit die Prinzessin. „Ich bin die neue Königin!“

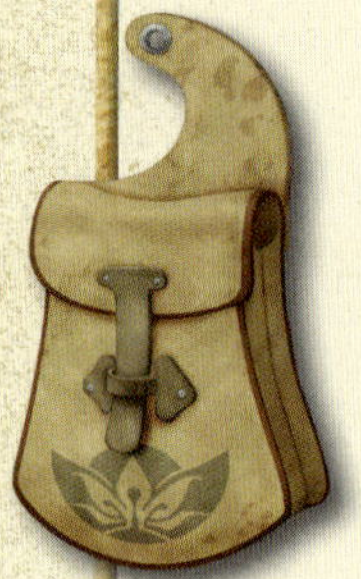

Da beginnt Fuchs, vor Schmerzen zu schreien.
Er hat sich den Schwanz verbrannt!
Schnell hüllt sich der kleine Prinz in seinen Sternenmantel. Mit der Spitze seines Schwertes zeichnet er eine fantastische Kreatur in den Sand. Es ist eine Kugel, in der sie Schutz suchen können.

Die Kugel rollt über die Hänge des Berges, immer verfolgt vom Feuervogel. Im Inneren der Kugel schließen die Passagiere die Augen, aus Angst sie könnten lebendig verbrannt werden.

Schließlich landen sie in einem Fluss aus Lava. Plötzlich wird es ruhig. Alle sind sehr froh: Der Vogel ist weg. Kurze Zeit später sind sie wieder zurück in der Stadt.

Der Feuervogel ist auch schon da! In seiner Wut verbrennt er die Seile, mit der die Stadt an den Wolken befestigt ist. Die Bewohner geraten in Panik. Ihre Stadt wird bald ins Nichts stürzen! Nur ein Platzregen kann sie jetzt noch retten.

„Du musst die Wolken kitzeln“, sagt Fuchs zum kleinen Prinzen.
Also pustet der Prinz einige Male in seinen magischen Zeichenblock, und jedes Mal erscheint ein Schaf, das in den Himmel aufsteigt, um die Wolken zu kitzeln.

Plötzlich spürt der kleine Prinz,
wie etwas Kaltes seine Wange berührt.
Es hat funktioniert: Es regnet!

Nun setzt sich der Feuervogel vor den Prinzen und die Prinzessin. Voller Respekt übergeben sie dem Tier die Krone. Weder Huang noch Feng fühlen sich in diesem Moment würdig, den Planeten zu regieren.

Der kleine Prinz lächelt, denn er weiß, was nun passieren wird. Was dieser Planet braucht, ist die Weisheit von Feng und der Mut von Huang. Und tatsächlich: Plötzlich haben beide eine Krone auf dem Kopf. Das ist es, was der Feuervogel will: Sie sollen zusammen regieren!

Gut gelaunt schaut der kleine Prinz dem Vogel hinterher, der sich in den Himmel aufschwingt.
Doch diesmal sind es keine Flammen, die er über das Land verteilt, sondern Blumen!
Unter dem Feuervogel erwacht der Planet nun zu neuem Leben.

Die Bewohner sind überglücklich, sie lachen und singen. Und der kleine Prinz ist froh, dass er diesem Planeten eine gute Zukunft beschert hat.

Der Planet der Dornen

Maud Loisillier und Diane Morel
Text von Philip Neuber

Auf dem Heimatplaneten des kleinen Prinzen hat dessen geliebte Rose wieder einen Brief erhalten. Vorsichtig faltet sie das Papier auseinander und beginnt zu lesen.
„Meine geliebte Rose, Fuchs und ich reisen noch immer durch das Weltall. Du kannst dir nicht vorstellen, was wir erlebt haben."
Die Rose ist sehr gespannt.

„Ich muss dir unbedingt vom Planeten der Dornen berichten. Hier müssen die Bewohner gegen riesige Dornenranken kämpfen.
Man nennt die Bewohner des Planeten das Steinvolk. Ihre Körper sind aus Stein, nicht jedoch ihre Augen und auch nicht ihre Herzen! Ihre Königin, Jade, hat zwei Söhne. Der ältere, Kobalt, ist der Architekt der wundervollen, in den Fels gehauenen Stadt, in der das Steinvolk lebt. Um das Volk vor den Dornenranken zu schützen, hat er die Stadt eingemauert. Aber die Stadt wird immer wieder von den Dornen zerstört, und das Steinvolk muss ständig alles wieder aufbauen.

Darum beschloss Kobalt eines Tages, sich auf die Suche nach den Felsensamen zu machen. Der Sage nach haben diese Samen die Macht, die Mauern der Stadt unzerstörbar zu machen. Nun ist Kobalt schon sehr lange weg, und sein jüngerer Bruder Nickel macht sich große Sorgen um ihn ..."
Die Rose seufzt.

„Was für eine wunderschöne Stadt, aber was für seltsame Menschen!“, denkt der kleine Prinz, als er mit Fuchs beim Volk der Steine landet. Um sich fortzubewegen, verwandeln sie sich in eine Kugel aus Stein und rollen los! Und um Hallo zu sagen, reiben sie ihre steinernen Fäuste aneinander, sodass Funken sprühen!

Der kleine Prinz ist beeindruckt. Nickel und seine Freundin Lazuli zeigen ihm und Fuchs gerade die Steinstadt, als plötzlich der Alarm ertönt: Die Dornenranken greifen an!

Die Dornenranken sind so groß wie riesige Schlangen, und sie bringen die Mauern der Stadt zum Einsturz. Von überall her kommen plötzlich die Dornen: aus den Wänden und sogar aus dem Boden unter ihren Füßen! Die Königin des Steinvolkes, Jade, befiehlt ihren Untertanen, gegen die Dornen zu kämpfen. Und so versuchen die Bewohner verzweifelt, alle Schäden mit großen Steinquadern auszubessern. Fürs Erste scheint ihr Kampf gegen die Dornen erfolgreich.

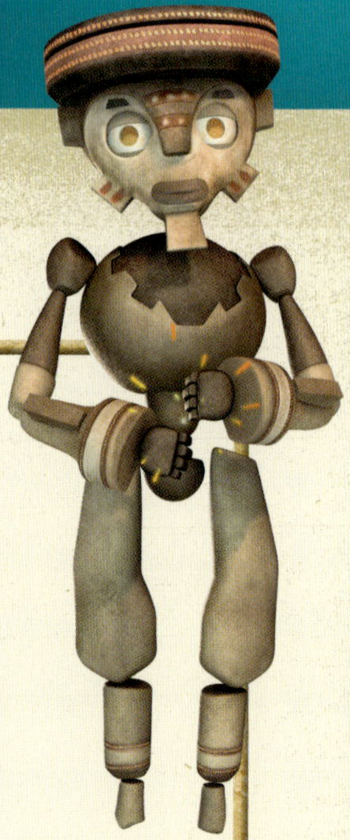

Am Abend erzählt Nickel seinen Freunden von seiner neuesten Erfindung. Er hat eine fliegende Maschine gebaut, mit der das Steinvolk vor den Dornen fliehen kann. Aber seine Mutter, die Königin Jade, möchte die von ihrem geliebten Sohn Kobalt erbaute Stadt nicht verlassen. Außerdem ist es Nickel bisher nicht gelungen, seine Maschine zu starten.

Diese Flugmaschine macht den kleinen Prinzen neugierig.

„Zeig sie uns doch!", schlägt er vor.

Zusammen mit Fuchs inspiziert er dann staunend das Flugboot, welches Nickel konstruiert hat. Der kleine Prinz schaut sich an, wie das Flugboot angetrieben wird.

Achtzehn Kristalle, im Kreis angeordnet, drehen sich langsam um sich selbst.

Plötzlich springt ihm ein Fehler ins Auge: Zwei der Antriebskristalle sind falsch herum montiert! Schnell repariert Nickel den Antrieb. Da beginnt das riesige Boot zu vibrieren und steigt dann anmutig in den Sonnenuntergang.

Der kleine Prinz weiß, warum Jade sich weigert, die Stadt zu verlassen: Sie hat versprochen, auf Kobalt zu warten.
Aber wieso greifen die Dornenranken überhaupt das Steinvolk an? Auch seine geliebte Rose hat Dornen, und doch benutzt sie diese nicht, um anderen zu schaden! Darum begibt sich der kleine Prinz mitten hinein ins Gestrüpp der Dornenranken und will sie fragen, was los ist.

„Wir sind keine Feinde dieser Leute“, sagen die Dornen zu ihm. „Wir müssen aber wachsen, es ist das Gesetz der Natur. Und bald, wenn die Sterne einen Kreis um den Mond bilden, werden wir noch hundertmal schneller wachsen!“

Als Zeichen der Freundschaft bieten die Dornenranken dem kleinen Prinzen ein paar ihrer Beeren an. Beim Einsammeln der Beeren lässt er aus Versehen seinen magischen Zeichenblock auf dem Boden liegen …

Unterdessen ist Jade tief in Gedanken versunken. „Was soll ich nur tun?“, fragt sie sich. „Soll ich auf meinen geliebten Sohn warten oder weggehen, wie es sich Nickel und mein Volk wünschen?“

„Und was, wenn Kobalt sieht, dass du ohne ihn weggegangen bist? Was für ein Verrat!“, zischt die Schlange und windet sich um die Königin herum. „Sie hat recht“, denkt Jade. „Aber wie soll ich das Steinvolk davon überzeugen, hierzubleiben?“ „Wer sagt denn, dass du sie überzeugen musst? Du musst nur den Abflug verzögern!“

Auf den Rat der Schlange hin schleicht sich die Königin in der Nacht zum Flugboot von Nickel, um es kaputt zu machen.

Am nächsten Morgen spricht sie zu ihrem Volk: „Ich habe eine Entscheidung getroffen! Wir werden die Stadt verlassen!“
Jubelnd begrüßt das Volk ihre Erklärung.
Nickel ist sehr glücklich, dass seine Mutter ihm so großes Vertrauen schenkt. Voller Stolz will er sein Boot in Bewegung setzen. Doch, oh Schreck! Es rührt sich nichts ...

Misstrauisch beobachtet der kleine Prinz die Königin. Sie scheint über diese Panne nicht wirklich unglücklich zu sein.

Als sie weg ist, überprüft er mit Nickel das Cockpit. Alle Kristalle sind an ihrem Platz. Doch als der kleine Prinz etwas genauer hinsieht, entdeckt er, dass einige der Kristalle das Licht nicht wie normalerweise reflektieren.
„Das ist kein Kristall!“, ruft Nickel aufgeregt. „Das ist ein Quarzstein. Jemand hat sie ausgetauscht.“
Der kleine Prinz kann sich schon denken, wer der Übeltäter ist. Jetzt müssen sie stärker sein als die Schlange, um die Königin davon zu überzeugen, die Kristalle herauszugeben!

In ihrem prächtigen Palast empfängt die Königin den kleinen Prinzen, Fuchs und Nickel sehr freundlich.
Während Fuchs sich auf die Suche nach den Kristallen macht, erklärt der kleine Prinz der Königin, dass die Dornenranken die Stadt bald vollständig zerstören werden und dass sie unbedingt bald an einen neuen Ort aufbrechen müssen.

„Königin Jade, je länger Sie warten, desto mehr Leute geraten in Gefahr. Wenn Kobalt zurückkommt, ist es zu spät!“
„Aber ich habe ihm versprochen zu warten!“, antwortet Jade weinend.

„Ich kann verstehen, dass Sie auf Ihren Sohn warten möchten“, sagt der kleine Prinz leise. „Aber warum nutzen wir nicht das großartige Flugschiff von Nickel, um nach Kobalt zu suchen? Von dort oben ist es viel einfacher, ihn zu finden. Bitte geben Sie uns die Kristalle.“
„Ich habe die Kristalle nicht gestohlen!“, lügt die Königin.
In diesem Moment kommt Fuchs angerannt, verfolgt von den Finsterlingen. Laut brüllend formen sich die fiesen Helfer der Schlange zu einer riesigen Monsterspinne!

Verzweifelt versucht der kleine Prinz, seinen magischen Zeichenblock zu finden, aber seine Tasche ist leer ...

Schnell hüllt sich der kleine Prinz in seinen Sternenmantel. Mit seinem magischen Schwert versucht er, gegen die Spinne anzukommen.
Doch es ist ein aussichtsloser Kampf!

„Fuchs!", ruft er seinen Freund. „Du musst meinen Zeichenblock finden!" Um den Finsterlingen zu entkommen, schleichen sich Fuchs und Nickel in Richtung Ausgang. Doch für den kleinen Prinzen ist es zu spät! Die Schlange hat Jade bereits zugeflüstert, dass sie die Wachen rufen soll.

Kurze Zeit später findet sich der kleine Prinz im Gefängnis wieder. Er wird in einer Grube mit fürchterlich glatten Wänden festgehalten. Der kleine Prinz versucht, aus der Grube zu klettern, aber er rutscht immer wieder herunter. Niedergeschlagen kauert er auf dem Boden. Wie soll er hier ohne seinen magischen Zeichenblock jemals wieder herauskommen?

Der kleine Prinz hat nun zwar keinen Zeichenblock mehr, aber er hat noch zwei treue Freunde: Nickel und Fuchs! Als die Dornenranken erneut angreifen, entschließt sich Nickel, mit ihnen zu sprechen. Zu seiner Überraschung findet er heraus, wie nett und hilfsbereit die Dornen sind. Sie übergeben ihm sogar den magischen Zeichenblock, den der kleine Prinz bei ihnen vergessen hat.

„Jetzt habe ich einen Plan“, sagt Fuchs lächelnd. Und tatsächlich werden die Gefängniswärter wenig später von einem gruseligen Monster mit vielen Armen und einem buschigen roten Schwanz in die Flucht geschlagen. Das waren natürlich der Fuchs, Nickel und Lazuli!

Fuchs wirft dem kleinen Prinzen den Zeichenblock zu. Der bedankt sich herzlich bei seinem Freund, und im nächsten Augenblick entkommt der kleine Prinz aus dem Gefängnis, indem er eine herbeigezauberte Pyramide aus Schafen hinaufsteigt!

Doch die Freude des kleinen Prinzen ist
nur von kurzer Dauer.
Die Sterne am Himmel bilden schon fast einen Kreis
um den Mond!
„Wir müssen Kobalt finden und hierher
zurückbringen“, sagt er mit entschlossener Stimme.

Aber wie durchquert man am besten den
dichten Wald aus Dornenranken? Der kleine
Prinz pustet in seinen Zeichenblock hinein,
und prompt steht ein riesiger, auf Stelzen
stehender Elefant aus Eisen vor ihnen.

Nickel und Lazuli ist am Anfang etwas schwindlig
dort oben, aber dann genießen sie diese fantastische
Reise. Mit riesigen Schritten stampft der Elefant
durch die Dornenranken. Sie steuern auf
die großen Felsen zu, wo Kobalt immer
nach den Steinsamen gesucht hat.

In der Morgendämmerung erreicht der Elefant sein Ziel.
„Wie schön es hier ist!“, ruft der kleine Prinz begeistert.
Eingebettet in den Wald aus Dornen, bilden die großen Felsen eine Oase aus Stein und Wasser. Rund um einen tiefblauen See sind Steine zu prächtigen Säulen gestapelt. Nur ein genialer Architekt kann so etwas erschaffen! Eigentlich ist Kobalt der Einzige, der so etwas Schönes bauen kann.

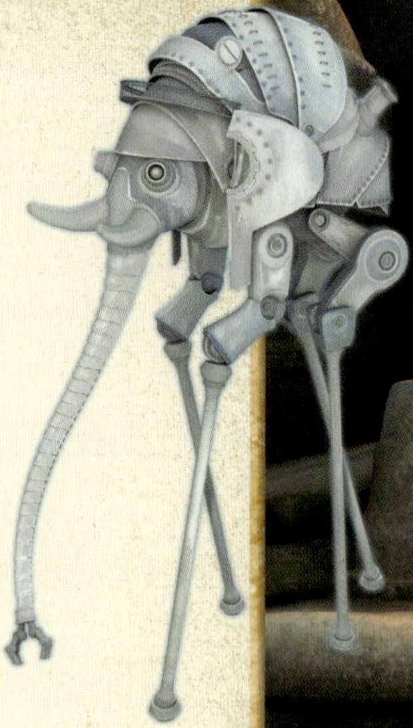

Und tatsächlich ertönt plötzlich seine Stimme: „Verschwindet, ich will niemanden sehen!“
Erst als Kobalt erfährt, dass der kleine Prinz mit den Dornenranken gesprochen hat, wird seine Neugier geweckt. Er erzählt, dass er sich hier versteckt hält, weil er sich nicht traut, in die Steinstadt zurückzukehren.

„Aber warum?“, fragt Lazuli überrascht. „Diese Felsensamen, nach denen ich schon so lange suche, gibt es gar nicht!“, sagt Kobalt verzweifelt und schlägt sich die Hände vors Gesicht. „Aber ich möchte doch meine Mutter nicht enttäuschen!“

„Das Wichtigste ist doch, dass wir dich gefunden haben!“, ruft Nickel und nimmt seinen Bruder in den Arm. „Wir müssen eine neue Stadt an einem anderen Ort bauen. Aber nur du kannst Jade davon überzeugen, dass wir die Steinstadt verlassen müssen.“

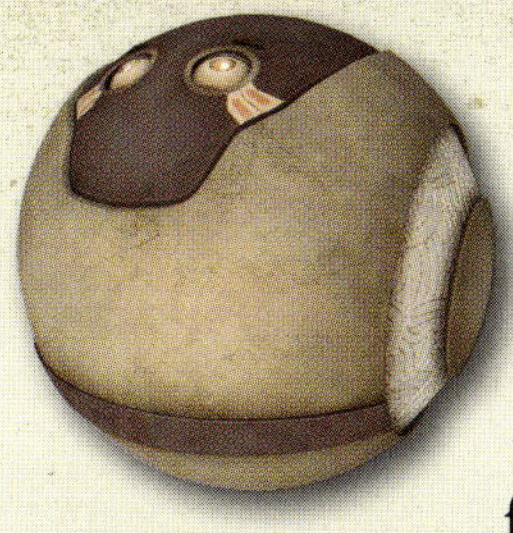

„Bei der Suche nach den Felsensamen hast du diesen wundervollen Ort entdeckt“, sagt der kleine Prinz. „Wäre dies nicht ein Platz, an dem euer Volk ein neues Zuhause finden kann?“

Bei diesen Worten beginnen Kobalts Augen zu leuchten. Der kleine Prinz hat recht!

Als sie gerade alle gemeinsam den Weg zurück in die Steinstadt antreten wollen, tauchen plötzlich die Finsterlinge auf. Da zieht der kleine Prinz sein magisches Schwert und zaubert Sterne in den See. Der Glanz der Sterne und deren helles Licht vertreiben die Finsterlinge. Nun ist der Weg frei!

„Jade, hier sind deine beiden Söhne!“, verkündet der kleine Prinz, als sie im Palast der Königin ankommen. Überglücklich umarmt Jade ihre Söhne. Endlich hat sie beide wieder bei sich. Dann entschuldigt sie sich bei Nickel und gibt ihm seine Kristalle zurück.

Ausgerechnet jetzt beginnen die Dornenranken, den Palast zu überwuchern. Diesmal sind alle Versuche, sie aufzuhalten, aussichtslos.

Zum Glück können alle Bewohner der Steinstadt durch einen Geheimgang zu Nickels Boot gelangen.

„Es ist alles meine Schuld!“, sagt die Königin reumütig. „Ich hätte nicht an diese Sage mit den Felsensamen glauben sollen. Aber Kobalt hat einen Ort gefunden, an dem wir unsere neue Stadt bauen können.“

Das Steinvolk begrüßt diese Nachricht mit lautem Jubel. Nickel setzt die Kristalle an ihren vorgesehenen Platz, und dann erhebt sich das Boot langsam in den Himmel.

Aber halt! Plötzlich kommt das Boot zum Stehen! Die Dornenranken haben sich am Rumpf des Bootes festgekrallt. Verzweifelt wendet sich die Königin an den kleinen Prinzen. Er allein kann mit den Dornenranken sprechen. Mutig springt der kleine Prinz auf eine der Ranken. Dann erklärt er den Pflanzen, dass das Steinvolk gerade dabei ist, diesen Ort für immer zu verlassen. Sofort lassen die Dornenranken von dem Boot ab, und so kann es seinen Flug fortsetzen.

So wie es beim Steinvolk üblich ist, rollen sich jetzt alle zu Kugeln zusammen und brechen in lauten Jubel aus. Auf diese Weise bedanken sie sich herzlich beim kleinen Prinzen und bei Fuchs für deren Hilfe.